AF317643

DE L'INTÉRÊT

DE

L'ÉPOQUE ACTUELLE.

PAR M. DE NORVINS.

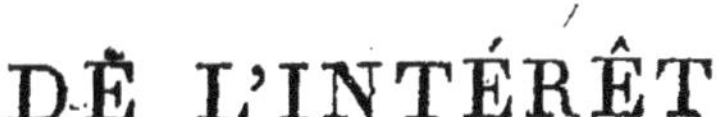

Novembre 1819.

A PARIS,

CHEZ TOUS LES MARCHANDS DE NOUVEAUTÉS.

DE L'IMPRIMERIE D'Antre. BOUCHER,

SUCCESSEUR DE L. G. MICHAUD,

RUE DES BONS-ENFANTS, N°. 34.

DE L'INTÉRÊT

DE

L'ÉPOQUE ACTUELLE.

Des écrits plus ou moins distingués, des opinions plus ou moins imposantes, sont sortis de la liberté de la presse ou de celle de la tribune, depuis la restauration. Cependant les choses ont marché inégalement soit en dehors, soit en dedans de ces discussions ; et les ministres, les députés, les citoyens ont dû suivre souvent une route qu'ils n'avaient pas tracée, ou même qu'ils n'avaient point à parcourir. Peut-être encore serait-il facile de démontrer, que quelquefois en croyant s'égarer, on a bien marché, et qu'en cherchant à éviter de s'égarer, on s'est fourvoyé. L'imprévu est aussi une providence même pour les sages. En tout état de cause, et en reprenant les choses depuis la restauration, il n'y a pas de témérité à avancer qu'il y a eu, et qu'il y a encore aberration de fait, sans doute parce qu'il y a aberration de principe. Aurait-on négligé de s'entendre sur le point du départ, sur les localités et sur le but de voyage? Si cela était, toutes les erreurs seraient nécessaires, mais elles n'en seraient pas moins fatales.

Depuis l'assemblée constituante jusqu'à la convention, il n'y a pas eu de différence entre les intérêts de la révolution et ceux de la liberté, parce qu'elles commençaient ensemble et que leur but était un, la royauté constitutionnelle.

Depuis la convention jusqu'à l'empire, ces deux intérêts ont été ennemis, parce qu'il y a eu anarchie, et alors la révolution tuait la liberté.

Depuis l'empire jusqu'à la restauration ces intérêts ont été suspendus. Ils n'ont

plus paru, parce qu'ils fuyaient la persé-
cution. Le despotisme était alors le con-
quérant de la révolution et l'usurpateur
de la liberté; il y eut interrègne de l'une
et de l'autre. Leur légitimité fut anéantie
pendant quinze ans.

Après l'empire est venue la restauration,
elle s'est définie elle-même, *la monarchie
avec la liberté*. Ce qui est en même temps
un point de départ, une position et un
but.

Deux partis se sont formés de ces deux
mots, *monarchie* et *liberté*; et tous deux
se sont accordés dans des intérêts différents, à confondre la *royauté* avec le *despotisme*, et la *liberté* avec la *révolution*.
Mais par une destinée inexplicable, ces
ennemis ont toujours marché de front,
l'un en appelant le despotisme contre la
révolution, et l'autre la révolution contre
le despotisme. Et cependant il n'y avait
déjà plus de place ni pour le despotisme,
ni pour la révolution. Aucun d'eux n'aurait donc bien compris ni la *royauté* ni la

liberté de cette *monarchie constitutionnelle*, que la restauration leur avait ap-
portée ?

La Charte a reconnu les droits de la révolution, mais elle a réservé tous les intérêts pour la liberté. Elle a détruit les
droits du despotisme, mais elle a conservé des prérogatives à la royauté.

Voilà le terrain où nous sommes.

Est-ce au nom de la liberté que l'on
veut plaider pour la révolution ? Est-
ce au nom de la royauté que l'on
veut invoquer le despotisme ? Toute la
question est là, et elle est jugée, si l'on
veut séparer les intérêts de la liberté et de
la royauté, de ceux de la révolution et
du despotisme.

Il faut bien le vouloir : car telle est la
situation. Et, si on ne le voulait pas, il
faudrait rétrograder avec tous les risques
d'une retraite tumultueuse et d'une dé-
route honteuse et épouvantable. Et où
irait-on ? à l'arbitraire, qui est le despo-

tisme d'un seul, à l'anarchie, qui est le despotisme de tous.

Je me propose d'éclairer cette question, qui me paraît dominer l'époque actuelle.

Il y a deux libertés.

La liberté morale, qui est l'indépendance spirituelle : sa loi est la raison.

La liberté politique, qui est la faculté d'agir selon la loi : cette loi c'est la justice, qui est le seul pouvoir de la liberté.

Il n'y a pas de définition fixe pour le mot *révolution*. La variété ou la complication des intérêts en fait la valeur.

Il y a *révolution de personnes*, quand on déplace le pouvoir dans l'intérêt de la conservation du système établi ; comme un *changement de dynastie*, en Suède par exemple, ou comme une *usurpation*.

Il y a *révolution de choses*, quand, sans déplacer le pouvoir, on change les institutions qu'il préside : comme un *changement de constitution et de religion*, tel qu'autrefois en Allemagne et en Angleterre ; ou seulement *de constitution*, comme à présent dans le grand duché de Bade, dans la Bavière, dans le Wurtemberg, et bientôt dans toute l'Europe, sauf l'Espagne et la Turquie. C'est cette *révolution de choses* seulement, qui est demandée par l'Allemagne et par l'Italie ; c'est celle que termine la France, et dont l'Europe entière a besoin.

Il y a *révolution de choses et de personnes*, quand on change à-la-fois le pouvoir et les institutions, comme de passer de la monarchie à la république, ou de la république au pouvoir absolu, ou du pouvoir absolu à la royauté constitutionnelle.

Depuis trente ans, nous avons éprouvé ces différents états ; mais l'intérêt de la première révolution s'est perdu dans la seconde, celui de la seconde dans la troisième. Nous n'avons donc à conserver que l'intérêt de celle-ci, pour qu'il ne se perde pas à son tour, et c'est cet intérêt qu'il est important de bien définir.

Avant de le définir, voyons à qui il est confié.

Les Français se divisent, 1°. en hommes qui veulent venger la monarchie de la révolution de 1789. Ce serait le dernier degré de la mémoire, si, parmi eux, il ne s'en trouvait pas qui regrettent la féodalité bien antérieure aux derniers règnes. Il ne faut pas s'aviser de leur demander si le pays, si le roi sont à eux, parce qu'ils sont tellement passionnés, qu'ils répondraient affirmativement.

2°. En hommes qui veulent consoler la liberté, de l'époque de 1793 et des années du gouvernement impérial. C'est l'immense majorité. Elle est si hors de toute proportion, qu'on peut l'appeler *la nation*. Ceux-ci ne refusent ni la gloire militaire de Louis XIV, ni celle de la Convention, ni celle de Bonaparte, parce qu'ils acceptent également, au nom de la patrie, tous les fastes de la France.

La minorité les appelle *jacobins*, parce qu'ils aiment l'*égalité*; *révolutionnaires*,

parce qu'ils veulent la *liberté* ; *bonapartistes* , parce qu'ils ont conservé de
l'admiration pour une des plus bril-
lantes époques de notre histoire. Cette
minorité décide elle-même par ses juge-
mens., que tout l'intérêt de la révolution
actuelle est aux mains des patriotes. La
Charte s'en était expliqué avant eux. Mais
elle n'a pas dit que la minorité serait
chargée de la distribution de la liberté à
la population. *Inde iræ.*

Que résulte-t-il de ces outrages pour
ceux qui les font? Le voici : les *jacobins*,
les *révolutionnaires*, les *bonapartistes*,
qui savent qu'ils ne sont que des *libéraux*
et des *constitutionnels*, calculent qu'il y
a en France quatre-vingt-dix-neuf patriotes sur cent habitants, et ils sont plus tran-
quilles sur la destinée de la Charte que sur
celle de l'hérésie ultra-royale.

Les exclusifs, à qui cette disproportion
n'est pas inconnue, rétorquent la propo-
sition, et disent : Si vous êtes *patriotes*,
vous n'êtes pas *royalistes*. Voici encore les

mots bien compromis, et ils sont tout de suite synonymes, si on dit *patriotes ou royalistes selon la Charte*. C'est la devise de l'époque. Il n'y en a pas d'autre; la restauration en a décoré sa bannière, qui sépare les intérêts de la révolution passée de ceux de la liberté actuelle, et qui s'est placée entre l'ancienne et la nouvelle royauté, pour que la dernière seule reste visible aux Français.

N'y aurait-il pas encore une conciliation d'intérêts bien directs dans la situation présente, celle du malheur qui a assimilé aussi par une terrible révolution les pri-vilégiés, les magistrats, les admini tra-teurs, les militaires, les agents quelcon-ques, la noblesse enfin du dernier régime, aux privilégiés, aux magistrats, aux ad-ministrateurs, aux militaires, aux agents et à la noblesse de l'ancien? Ceux-là ont perdu aussi. Ils étaient aussi en pleine jouissance; ils avaient aussi de nombreux et d'éclatants services. Beaucoup aussi ont vu passer leurs hôtels, leurs rangs, leurs

2..

dignités en d'autres mains. Beaucoup sont *émigrés* dans leur propre pays, et ont dû descendre, de nobles emplois à de médiocres professions. Ils avaient tous servi dans les orages, et les avaient calmés, puisqu'ils leur avaient survécu : et aucun d'eux n'avaient pris les armes contre la patrie. La révolution qui les a précipités est récente. La plaie n'en est que plus douloureuse. Ils ont été cependant obligés en 1814, de souscrire aux sacrifices que ceux-ci ont dû faire en 1790, et de se soumettre à la domination des intérêts nouvellement établis. Qui voudrait tenir la balance entre ces deux époques ? La patrie, qui veut qu'on les oublie.

La Charte, octroyée par le Roi, a déclaré citoyens tous les sujets. J'ai défini l'intérêt de la restauration.

Les Français n'étaient citoyens ni sous l'ancienne Monarchie, ni sous la Convention, ni sous l'Empire, dans le sens affecté au mot de citoyen, qui veut dire *sujet de la loi*. Ces trois gouvernements ne doivent se comparer toutefois que parce qu'ils étaient absolus; le premier l'était par son antique institution ; le second par sa violence ; le troisième par la volonté d'un seul homme. Cette émancipation des sujets est donc une conquête faite sur ces trois régimes. Elle fut seulement promise en 1789, époque à jamais illustre, à qui nous devons la Charte actuelle, la connaissance des libertés nationales et le libéralisme, qui n'est ni la république, ni l'empire. Il est bien clair que l'investiture de la qualité de citoyen, donnée à tous les Français par la restauration, a notablement changé leur condition, et leur imprime un caractère d'émancipation légale, et d'indépendance inviolable, qu'ils n'ont jamais eu.

Mais les inimitiés politiques sont toujours en regard ; elles ont une marche contiguë pour l'attaque et pour la défense. Quand l'une arme pour le présent, l'autre est devant elle sur le même terrain. Si celle-ci s'élance dans le passé, celle-là l'y

attend. Cette dernière tactique est dé-
plorable; elle consume les forces, le temps
et la raison. La confusion et l'hostilité y
sont interminables : on attaque par les
crimes de la Convention, par Carrier,
par Robespierre ; on réplique par la St.-
Barthélemi, par les auto-da-fés, par la *justice du Roi*. Qui est-ce qui n'a pas horreur
de tels forfaits et de tels criminels? Pourquoi rouvrir tous ces sépulcres ? Quelle
sorte d'intérêt peut-il en résulter pour le
moment où nous vivons, pour les devoirs
que la patrie nous impose ? A présent, où il
n'est plus d'usage de *courir sus* aux gens
d'une autre opinion, où un tribunal qui
condamne sans juger, ou qui ne juge que
pour condamner, est une institution in-
compréhensible, où une prison d'état est
un établissement hors de tout pouvoir, où
la religion serait ou méprisée ou haïe, si
elle prêchait les croisades, ou si elle al-
lumait des bûchers, où enfin tout ce qui
est arbitraire et violent est proscrit par la
raison et par la politique, quel avantage

peut-on trouver à exhumer tous ces souvenirs gothiques et barbares qu'il est aussi
absurde qu'injuste de reprocher à la génération actuelle? On sait bien pourquoi on
doit haïr les règnes de Louis XI, de
Charles IX, du pape Borgia, et du comité
de salut public; on le savait dès l'enfance
en lisant ceux de Néron, de Tibère et de
Caligula. Toutes les barbaries de l'histoire
du monde sont odieuses, mais pourquoi
toujours parler de barbarie à l'époque où
elle est impossible?

Voyez l'Allemagne. C'est aujourd'hui.
On veut y établir une autocratie sur la pen-
sée, un jury pour la juger, une prévôté
pour la condamner : et voilà que la me-
nace de la plus grave opposition s'élève de
toutes parts contre cette *inquisition* nouvelle. Pourquoi? parce qu'il y a des choses
humaines qui ont pour limites celles qui
n'en ont pas; parce que la diplomatie ne
peut régler que des intérêts de conve-
nance, tandis que l'opinion en établit de
nécessité; parce que la politique des ca-

binets court après les circonstances, tandis
que les nations marchent avec leur siècle.
Les peuples sont la milice du destin, et la
querelle de l'Allemagne, comme celle de
tout despotisme, sera entre les peuples et
les armées. Mais tous les peuples seront-
ils vaincus ? toutes les armées leur seront-
elles étrangères ? C'est à la paix, quand ce
n'est pas au fort de la mêlée, que les armées se souviennent aussi qu'elles ont une
patrie.

Vouloir et faire à présent ce que voulait,
ce que faisait, ou Louis XIV, ou Pierre le
Grand, ou le Grand Fréderic, ou la Convention, ou Bonaparte, ce serait innover, parce
que le globe a tourné, et que d'autres
astres ont paru. Joseph II avait entrevu
cette vérité.

La France a fourni à l'Europe l'occa-
sion de juger la révolution des idées, par
l'horreur universelle qu'inspira dernniè-
rement le régime de 1815, qui parodiait
la terreur, et qui aurait fini par être comme
le comité de salut public, entraîné par

une telle complicité, qu'il lui serait de-
venu impossible de s'arrêter dans la car-
rière des proscriptions. La force de l'o-
pinion fut telle, que les victimes elles-
mêmes vinrent au secours du pouvoir, et
lui montrèrent leurs échafauds avides de
sa destruction. L'Ordonnance du 5 sep-
tembre parut, et devint la proclamation
de la patrie, parce qu'elle était son salut.
Depuis, on a pu juger encore, par rapport
à la loi des élections, qui est la Charte
tout entière, combien la volonté gé-
nérale s'est montrée passionnément ja-
louse de l'intégrité de ses droits. La discussion seule de cette loi a paru un crime.
L'attaque portait le caractère de l'op-
pression, la résistance fut au moment
d'être révolutionnaire. Le gouvernement
eut à se défendre lui-même en défendant
sa loi. Cette guerre avait lieu dans l'en-
ceinte sacrée de la représentation nationale : qui peut calculer, d'après la violence
du combat, ce que serait la victoire d'un
parti, si le champ de bataille était partout
où sont ses ennemis ?

Cette hostilité ne sera pas la dernière. On s'y attend. Il y a une faction qui ne dort jamais; il y a aussi une nation qui veille. Tout parti est passionné, en cela seul il est aveugle. L'imprudent, il est avide du succès : le malheureux, il l'obtient, et le lendemain il pleure son triomphe d'un jour !

D'où viennent ces attaques, ces complots? de l'ignorance du terrain sur lequel on manœuvre. Le sol ne peut plus produire de quoi satisfaire même l'ambition. Il faudrait tuer toute la génération actuelle, pour qu'il fût possible au gouvernement de devenir despotique, à la noblesse de reprendre ses priviléges, aux vilains de n'être plus des propriétaires et d'être privés des droits politiques. L'ambition ne sait où se prendre dans les gouvernements représentatifs, où le système de l'égalité nivelle nécessairement les passions qui veulent le franchir. Elle n'a lieu dans la république que pour détruire la liberté : alors elle est une conspiration, que les Romains et les Grecs ont toujours punie

de mort dans les beaux temps de leur
histoire. Dans les monarchies absolues,
l'ambition est naturelle, parce qu'elle a
tous les droits acquis, et que le pouvoir
du maître est si haut, qu'elle n'est que le
besoin de la supériorité sur des rivaux.
L'ambitieux de la monarchie absolue n'as-
pire qu'à être le premier sujet de son
maître, à qui cette prétention ne porte
aucun ombrage, tandis qu'elle est absurde
dans un état dont la maxime fonda-
mentale est que tout citoyen est admis-
sible à tous les emplois, et que la noblesse
n'a aucun privilége.

Que veulent donc ces ennemis sans re-
pos ? ils ne trouvent plus le Roi assez
grand seigneur, la royauté assez noble
pour les servir ! Mais si le Roi, la royauté
et le pays sont contents de cette médio-
crité, si elle est le résultat de la plus
haute méditation, si elle est le gage d'un
pacte encore plus sacré que leur *honneur*,
si cette modération de la puissance est
devenue élémentaire pour la société,

comme la température pour le climat, ou la santé pour l'existence, à qui pourront-ils persuader qu'une telle constitution qui fait la force de l'État, en est la faiblesse, ou qu'elle fait sa honte quand elle va être toute sa gloire, ou qu'elle est le malheur du pays quand sa prospérité est l'envie de l'Europe?

Entendons-nous encore? Où sont les troubles, depuis que les vôtres ont été réprimés? Où sont les dangers, depuis que les nôtres ont cessé? Avez-vous été proscrits, poursuivis, traînés aux prévôtés, traînés à la mort? Vous a-t-on attaqués dans les rues, forcés dans vos maisons, égorgés dans les places publiques? Vous étiez ministre, vous avez prévariqué à votre serment; votre maître vous a ôté votre rang : il en avait le droit, c'est celui de la propriété. Vous étiez préfet, général : vous avez été factieux, le Roi vous a ôté vos fonctions : il a usé de clémence, c'était aux tribunaux à vous punir. Vous étiez ambassadeur, chef de corps; vous avez été reconnu incapable : le Roi vous a rappelé à la vie civile. Où est le crime ? n'est-ce pas la justice universelle de toute société? mais cette justice vous touche, et vous protestez contre celui qui la rend. C'est pour le défendre peut-être que vous l'attaquez? c'est pour protéger le trône que vous assiégez la Charte qui le porte? Je le sais, vous seriez tous dévoués au Roi, si, comme lui, vous étiez inviolables. Que voulez-vous ? la Charte, qui est la loi écrite, ne l'a pas prévu. Elle a pris au contraire pour argument celle qui dit que *chacun sera jugé selon ses œuvres*. C'est le plus grand commandement d'égalité que Dieu ait fait aux hommes.

Dans l'ancien régime, qu'éclairait le génie des catégories, vous étiez divisés en *noblesse de cour* et en *noblesse de province*. Celle-ci était la plus pure, la plus pauvre, la plus nombreuse. Quand elle ne labourait pas, ce qui était fort honorable, elle servait vaillamment ; mais elle ne

dépassait que très rarement le grade de
capitaine. Les régiments étaient de droit
pour les jeunes gens de la cour. Ainsi la
noblesse avait ses vilains, qui n'avaient
au-dessous d'eux que les *officiers de for-
tune*. *Fabert* et *Jean-Bart* se firent raison
dans le temps de toutes ces supériorités.
Pendant l'émigration, la démarcation fut
plus choquante, parce que vous étiez ex-
patriés, et que vous reconnaissiez au
moins l'égalité du malheur, celle de l'o-
pinion et celle de l'hospitalité. La sé-
paration fut telle entre la noblesse de cour
et celle de province, que celle-ci, jus-
tement indignée, forma le *côté gauche* de
l'émigration. Elle vivait du pain du soldat, elle était le soldat lui-même, et de
violents ressentiments retentirent souvent
dans ses rangs malheureux. Elle vous re-
prochait tous ses maux, sa misère ac-
cusait votre luxe, elle vous opposait aussi
ses services, et elle vous menaçait au re-
tour dans la patrie. Ces germes de di-
vision sont toujours parmi vous, et si

vous aviez jamais un triomphe, la noblesse de province vous en punirait la
première : car elle aurait encore vos mé-
pris, et elle ne voudrait plus les sup-
porter. Qu'aurait-elle à gagner à votre
élévation ? Laborieuse, agricole, inconnue, mésalliée par sentiment ou par nécessité, loin de la cour, livrée à d'obscurs
travaux, opprimée par un titre qui fait sa
misère, vous la verriez encore mendier
de vils emplois à la tenue de vos *états*, ou
servir de garnisaire aux collecteurs des
tailles, ou mourir à la solde de vos fer-
miers ! Ces nobles seraient encore vos
ilotes, et ils perdraient tous les droits
que leur donne la loi, celui d'être vos
égaux et celui de vous le dire. Ne comptez
pas sur eux pour l'exécution de vos pro-
jets : ils aimeront mieux marcher de front
avec la nation que de ramper à la suite de
votre aristocratie. L'égalité ne blesse que
ceux qui sont incapables d'exister sans
exceptions, et ce sont ces exceptions qui
blessent ceux dont ils sont les égaux. Il y

a une fierté d'extraction qui est louable,
c'est quand elle rentre dans l'intérêt
général : des nobles, trompés ou opprimés
par leurs *pairs*, sont bientôt d'ardents
patriotes. C'est l'infraction de l'égalité
d'état, qui les rend à l'égalité commune.
La patrie est comme la religion : elle re-
çoit tous ceux qui viennent à elle ; elle
pardonne aussi aux apostats et aux re-
belles, et ne connaît que les bons et les
mauvais citoyens.

Enfin, avez-vous a vous plaindre de
cette patrie que vous repoussez, de ce
roi que vous accusez ? n'avez-vous pas
tous les honneurs de la cour, toutes les
dignités du trône ? n'avez-vous pas toutes
les ambassades ? n'êtes-vous pas pairs de
France, généraux, préfets, maires ?
n'êtes-vous pas aussi un peu financiers,
un peu négociants, un peu spéculateurs ?
n'êtes-vous pas enfin encore les plus grands
propriétaires ? les majorats n'ont-ils pas
remplacé les substitutions ? Que voulez-
vous ? n'est-ce point assez ? Desirez-vous

renverser la constitution qui vous a fait déroger à ce qui vous était nuisible, en vous ouvrant toutes les carrières où vous êtes ? vous plaignez-vous d'être descendus à des fonctions qui vous donnent du pouvoir et une honorable existence ? voulez-vous abattre ceux qui vous ont donné cette heureuse position, et qui vous y maintiennent ou par une protection légale, ou par une faveur qui ne l'est pas ? Qu'aviez-vous de mieux *autrefois*, et que pouvez-vous avoir de mieux *à présent* ? car c'est *à présent* qui est français, *autrefois* ne l'est plus. Enfin pourquoi vous êtes-vous précipités avec tant d'ardeur sur tous les bénéfices de cette Charte, si vous la détestez. Elle ne s'attendait pas à être aussi généreuse. Vous êtes des ingrats heureux. Ce n'est pas nouveau, mais c'est injuste.

Tous les souvenirs étrangers à l'époque actuelle, lui sont nuisibles ; ils sont tous des récriminations du passé , hostiles contre le présent. J'en excepte les souvenirs de la gloire; ils sont sacrés, ce sont des regrets. Que deviendrait la France, si elle devait subir encore l'invasion de la féodalité, la *justice révolutionnaire* et les violences ambitieuses de l'empire. A-t-elle jamais été plus libre? dans quel pays, à quelle époque de l'histoire un peuple a-t-il joui plus arbitrairement de la liberté? elle est tellement nationalisée parmi nous, que les excès les plus outrageants de la licence de la presse ne sont plus déférés à d'autre tribunal qu'à celui de l'opinion. Les excès religionnaires n'ont également pas d'autre juge. La religion et la liberté, qui est aussi d'institution divine, n'ont pas de plus grand ennemi que le fanatisme, parce que ceux qui le prêchent ne le partagent pas. C'est la mauvaise foi de tous les partisans du despotisme; ils veulent l'établir, et non s'y soumettre. Franchement ils n'en veulent que pour les autres. La politique de tous ces ultras est également jugée par ceux qui aiment leur patrie pour elle-même, par l'immense majorité des citoyens.

L'Europe nous regarde. Qui sait si elle n'attend pas encore pour nous imiter ? l'exemple que nous lui devons est l'union nationale : c'est la seule force qui puisse la rassurer contre nous et nous rassurer contre elle. Elle commence ses agitations : c'est un usage de son indépendance. Nos vœux sont pour son bonheur : c'est la religion d'un peuple déjà libre. Mais la discussion de ses intérêts ne nous appartient pas. Les peuples ne sont solidaires que dans leurs patries et pour elles seulement. Il y a eu coalition des souverains, mais la fédération des peuples serait absurde, comme le pourrait être l'inquiétude des gouvernements contre un grand pays dont le système pourrait leur déplaire. Chaque peuple a la politique intérieure qui lui est exclusivement propre : c'est sa police locale. C'est elle qui constitue son indépendance, et aussi c'est à lui seul à la juger. Toute intervention étrangère compromettrait son intérêt de famille et attenterait à sa propriété. L'Eu-

rope remarquera sans doute que la France
n'a pas établi de cordon du côté des
Pyrénées. C'est que la France n'a rien à
craindre d'aucune contagion : elle est
ralliée à son souverain comme à l'auteur
et au modérateur de sa liberté, et dans
cet asile, son prince n'a rien à craindre
ni pour elle, ni pour lui.

Résumons la position de la France vis-
-à-vis d'elle-même. Si les monarchistes ne
veulent pas de l'égalité, les républicains
ne voudraient pas de la royauté, ni les
impérialistes de la liberté. Il y a donc
antipathie entre les intérêts des trois épo-
-ques précédentes et celle qui nous est
donnée. Il y a pour nous à présent autant
de différence entre la liberté constitutionnelle et la liberté républicaine, qu'il
en existe entre la royauté de Louis XVIII
et l'autocratie de Napoléon. Sous la république, on disait : *la nation* et *la loi*;
sous l'empire, *l'empereur*; sous la royauté
actuelle, on dit, comme en 1789: *la nation*, *la loi* et *le roi*. L'exagération de la

liberté, celle du pouvoir, et toute infraction à la Charte, sont les ennemis naturels
de l'époque actuelle, et ces ennemis bri-
seraient infailliblement le nœud qui as-
semble ces trois puissances qui composent
toute la patrie. L'autel qui lui est élevé est
absolument nouveau. Il est formé des
débris des trois régimes, et la liberté constitutionnelle, l'héritière légitime de la révolution, s'y est placée. Elle marche sans
faisceaux, elle règne sans armées ; elle
nous dit : « Hommes de tous les sou-
» venirs, le pacte est fait ; la loi est jurée ;
» *autrefois* ne finit qu'en 1814 ; c'est une
» ère nouvelle, un nouveau climat que le
» temps vous impose. Vous ne pouvez
» plus être ni privilégiés, ni républicains,
» ni sujets de la volonté d'un homme. Le
» sol repousse les factions, comme la
» philosophie les superstitions, et la
» fierté nationale l'influence étrangère.
» Voici le terrain, habitez-le ensemble,
» c'est la PATRIE ; voici la Loi, c'est la

» condition de la propriété; voici le Roi,
» c'est le pouvoir qui fait respecter la
» loi et la patrie. »

FIN.

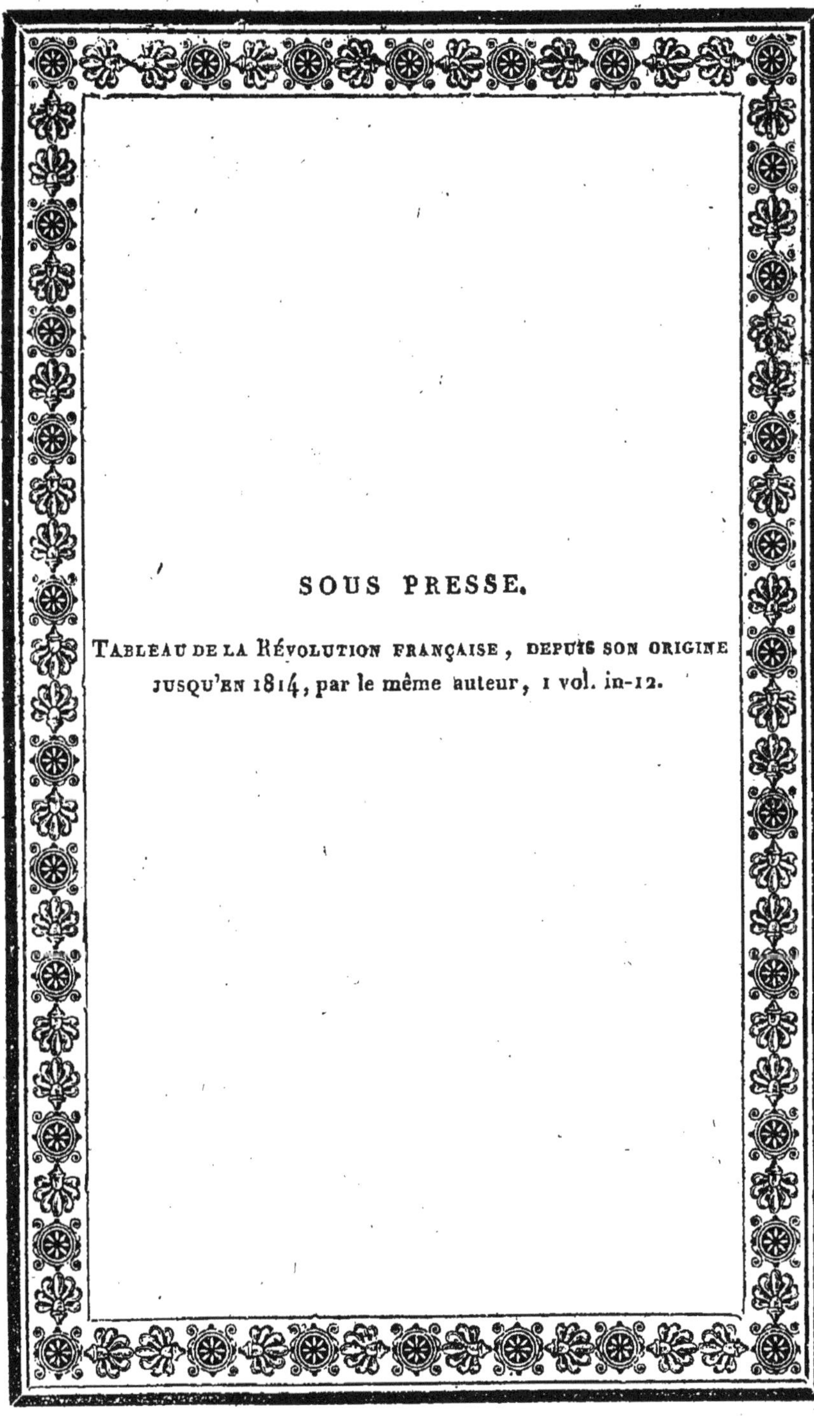

SOUS PRESSE.

Tableau de la Révolution française, depuis son origine jusqu'en 1814, par le même auteur, 1 vol. in-12.